猫のいる家に帰りたい

短歌・エッセイ　仁尾智
イラスト　小泉さよ

辰巳出版

初出一覧

「猫のいる家に帰りたい」
（猫びより2016年9月号～2020年3月号）——P.4—47

短歌連作「ネコノイル」（枡野浩一のかんたん短歌blog
2006年3月、ネコまる2011年冬号〈一部改訂〉）——P.48—55

「猫の短歌」（ネコまる2007年冬号～2010年夏号、
2011年夏号～2020年冬春号）——P.56—105

「猫の短歌　出張版」
（猫びより2014年1月号～2014年5月号）——P.106—111

※本書は右記の連載に加筆・修正をし、
描き下ろしイラストを加え再構成したものです。

まえがき

本書には、『ネコまる』連載の「猫の短歌」が第一回から収録されている。ちなみに第一回は２００７年冬号なので、十三年前からの文章ということになる。

この十三年間で何匹もの猫を保護したり、里親さんに出したり、看取ったりしてきた。

読み返してみると、もういない猫も、懐かしい猫もそこにいる。悲しい回もあるけれど、当時のことを短歌や文章として残せているのは、幸せなことだ。

そして、その『ネコまる』の連載と『猫びより』の連載とを再構成して、一冊の本にまとまった。これもまた、幸せなことだ。

さらに『ネコまる』の誌面では写真だった部分を、この本では小泉さよさんの描き下ろしイラストに差し替えてもらってしまった。まったく、幸せなことだ。

その上、この本を読んでくれた人が、保護猫を迎えたり、短歌に興味を持ってくれたりしたら、ちょっと冷静ではいられないほど幸せなことだ、と思う。

幸せなことだ　暮らしに猫がいて
泣いたり笑ったりすることは

２０２０年３月　仁尾 智

あのビルの脇の室外機の上の猫には誰も気づかない街

仕事で大阪に来ている。今回は一週間の滞在予定だ。

我が家には、八匹の猫がいる。みんな「放っておいたら明日には死ぬ」みたいな状況で保護した猫だ。そんな話をすると、友人が不思議そうに言う。

「猫ってそんなにいる？」

いるいる。きょうも滞在しているホテルから少し歩いただけなのに、ビルとビルの間にいる猫を見かけた。もしかして、と考えた。街の猫はトトロみたいなもので、限られた人間にしか見えないのではないか。もしそうならば、自分が猫に選ばれた人間のようで愉快だ……と思いかけたところで、我に返った。違う違う。僕が猫に気づくのと同じように、他の人は猫以外の何かに気づいていて、僕にはそれが見えていないのだ。それは鳥だったり、花だったり、虫だったり、当たり前の何かだったり、誰かの思いだったり、なのではないか。そこまで考えて、これまで素通りしてきたことの膨大さに、愕然とする。

ビルの間の猫は、いつでも走り出せる体勢で、でも決して僕から目を離さなかった。

外で暮らす猫の、けなげでたくましい目を見ると、泣きそうになる。

「何もしないよ」と声をかけて、その場を去った。

猫のいる家に帰りたい、と思った。

撮らないでただ眺めてる被写体のような姿で寝る猫のこと

猫の寝姿は、いい。

猫という存在自体が無条件にいいものなので、「寝姿」という条件を付加したところで、いいに決まっているのだけれど、それにしてもいい。

猫が寝ている様子を見ると、心配ごとや、わだかまっていることがどうでもよくなる。満天の星を見上げるのに、どこか似ている。

ある日のこと。のどが渇いて仕事部屋のある二階から一階に降りた。階段を降りてからキッチンまでの間にはリビングがある。リビングに入るドアを開け、床に視線を落とすと、猫がすごい寝相で寝ていた。僕を笑わせるために、僕が降りてくるのを見計らってその姿勢で寝たふりをしているのでは、と思うような格好だ。とっさに二階に置いてある一眼レフを取ってこよう、と思った……が、それはなんとなく猫の思う壺にはまっている気がしてやめた。そのまま、猫の横をそっと通り過ぎて、キッチンへ行く。我が家は年中、冷たい麦茶派である。冷蔵庫の麦茶をコップに入れて、リビングに戻る。猫はまだ同じ格好で寝ている。ソファに座り、猫を見ながら、麦茶をぐっと飲み干した。

こんなときだ。

（もしかしたら、自分は幸せなのではないか）などと錯覚してしまうのは。

黒猫は見分けられても ももクロもAKBも見分けられない

十五年ほど前のこと。その頃妻の実家で飼っていた「モモ」という猫が、何ヶ月も家に戻ってこなかった。（田舎なので外出自由）

みな、モモは病気にかかってしまったか、もしくは事故に遭ってしまったのだろう、とあきらめていた。（山の中なので、穴に落ちてしまったとか、カラスに襲われたとか、そういう「事故」）

ある日、義母から妻に連絡があり、半年ぶりにモモが帰ってきた、という。モモは特に弱ってもおらず、当たり前のように戻ってきたらしい。

その話を聞いて、僕は（その猫、本当にモモなのか？）と疑った。モモは（こういうと失礼だけれども）なんの変哲もない黒白猫だ。義母の「モモであってほしい」という願望が、似た猫をモモだと勘違いさせているのではないか。そもそも柄の似た猫の見分けなんてつくわけがない、と本気で思っていた。まだ自分で猫を飼い始めて日も浅く、よくわかっていなかったのだ。

今ならその愚かしさがわかる。一緒に暮らしていた猫であれば、どんなに似ていても絶対にわかる。柄や尻尾の長さ、曲がり方、声や鳴き方、歩き方、振る舞いを見れば、わからないわけがない。

当時の僕に疑いの目を向けられた義母とモモに、この場を借りて謝りたい。ごめんなさい。

なお〜。
にゃおー。
あーおう。

伸びをする猫の背中をモチーフに発明されたのがすべり台

「ごはんだよ」

　声をかけると、丸くなっていた猫が、億劫《おっくう》そうに身体を起こす。まだ目が半分しか開いていない。

「ご、は、ん」

　もう一度声をかけると、前脚をずずいと前に伸ばして、ぐーっと頭を下げて、お尻を上げ、思い切り背中を反らせる。

　猫の「伸び」の形がとても好きだ。

「古代ギリシャ時代、ある建築家が猫の伸びをする格好から発想を得たのが、すべり台の起源」と言われても、たぶん嘘だと気づけない。そういうこともあるだろう、と思うほど美しい。美しいだけではなく、とにかく気持ちよさそうなのだ。あまりに気持ちよさそうなので、四つん這いになって真似をしてみた。……何か違う。これ、絶対に猫ほど気持ちよくなっていない。原因が、猫と人間との身体構造の差異なのか、単に身体の硬さのせいなのかはわからない。悔しい。

「何してるの？」

　床で奇妙なポーズをとっている僕を見下ろし、妻が怪訝《けげん》そうに言う。さっきまで隣にいた猫は、ごはんのあるキッチンへと向かってしまい、もういない。僕は「いや、別に」と、ごにょごにょ言いながら、その場を去るのだ。

猫がくる
ほめてほめてという顔で
何か不穏なものをくわえて

まだ実家暮らしだった三十年ほど前、「みいや」という猫を飼っていた。みいやは、家の周りを巡回するのが日課だった。台所の窓から出ていき、一時間ほどするとその窓から帰ってくる。みいやが変な声で鳴きながら帰ってきたときは、家族に緊張が走る。そういうときは、必ず獲物（虫やトカゲやスズメなど、だ）をくわえているからだ。それをまたすごく得意げに床に置く。僕は、猫の野性をみいやから学んだ。

現在は完全室内飼いなので、そのようなこともなく、せいぜいオモチャをくわえてくるくらいだ。

ある日のこと。我が家の猫が、見慣れないものをくわえて、うれしそうに歩いてきた。一瞬、みいやの記憶がよみがえり、ひるむ。……まさか生き物？

恐る恐るくわえているものを見ると、それは豆腐の空きパックだった。その猫は、以降もたびたびキッチンから豆腐の空きパックをくわえて持ってきた。なぜ豆腐の空きパックだけを「獲物」とみなしていたのかは、よくわからない。

そんな猫を微笑ましく思うのと同時に、少し申し訳なく思う。

「狩りができない代わりに、寝床とごはんは一生保証するから」と、言い訳するような気持ちになってしまうのだ。

猫までも僕をあきれた顔で見る脱ぎ捨てられた靴下の前

猫は笑っているような顔をすることがある。寝ているときが多いので、見かけると(いい夢を見ているのだろうな)と思う。実際には笑ったりしないのだろうけれど、そう見えるのだ。

そういうことは割とよくある。

例えば、猫は食事の途中で、まだエサが入っている皿のそばを盛んに前脚で掻くしぐさをする。これは「こんなマズいメシにはもう飽き飽きだ!」という抗議のように見える。実際には「あとで食べるために隠しておこう」と、エサを砂で隠す行為らしい。そうだとわかっていても、我が家で「カシカシ」と呼ぶこのしぐさは、案外心にくる。(いらないなら食べなくていいよーだ)などと思ってしまう。

また、猫は未知の匂いを嗅いだとき、ポカンと口を半開きにすることがある。フレーメン反応というらしい。せわしなく匂いを嗅いだと思ったら、急に真顔になって口を開け、しばらく静止する。これも自分の靴下などの匂いを嗅がれたあとにやられると、ダメージが大きい。猫に「マジか……」とあきれ顔をされているようで、こっちが「マジか……」と言いたい気持ちになる。

猫はなんとも思っていないのに、猫を見る僕の心は、かくも騒々しい。

なんとかと煙と猫と僕は行く
目的もなく高いところに

猫は、なぜか高いところを目指す。

昔、木に登ったはいいけれど、降りられなくなった猫をハシゴで救出したことがある。他の猫に追いかけられたわけでもないのに、なぜ登ったのか……。

病院で我を忘れた猫が、診察室に掛けてあった丸い壁時計に飛び乗ろうとジャンプしたときは驚いた。厚さ3センチの時計に、なぜ乗れると思ったのか……。

猫タワーのてっぺんは大人気で、いつも争奪戦だ。てっぺんでくつろぐ猫がいるところに、別の猫がわざわざ登っていく。他にいくらでも居場所はあるのに、なぜ挑むのか……。

また「それって絶対やらなきゃダメな決まりごとなの？」と聞きたくなるほど、どの猫も一度は網戸にへばりついてよじ登る。もちろん登りきったからと言って何があるわけでもなく、ズリズリと降りてくるだけなのだ。もう網戸がボロボロです……。なぜ……。猫は高いところが好きというより、何かに突き動かされているように見える。遊んでいるわけでも、目的があるわけでもなく、猫自身にも理由はわからず、ただ血が命ずるままに登っているようだ。

僕は、そんなに急いで高いところなんて目指すなよ、と思う。もっとずっと隣でゆっくりしていきなよ、と思うのだ。

話しかけたくなる猫の横顔に話しかけても横顔のまま

なぜ僕は、猫に話しかけてしまうのだろう。猫は、人間の言葉をあまり理解していない、と思っている。

思っているにも関わらず、毎日、当たり前のように猫に話しかけている。日中の話し相手が猫しかいない、ということもあるだろう。

試しに、自分が猫にどんな声をかけているか、意識して過ごしてみた。

「水、替えてくるから、ちょっと待ってて」「身体、どこも痛くない？」「かつお節、ぶちまけたの誰？」「ちゃんとあげるから、ちょっと待ってて！」「何、その格好？」「すごいね！」「もういらないの？　あとで欲しいって言ってもないからね？」「寝るの？」「まだ、そんなところに飛び乗れるんだ」「かわいいねぇ」「これ、もう飽きちゃったの？」「誰が吐いた？」……。

書き出してみると、驚くほど他愛もない。まあ、猫に世界情勢について語り出したり、家庭内不和を打ち明け始めたりしたら、そのほうが深刻だ。のんき過ぎるくらいがちょうどいい。

もちろん猫は、みんな面倒くさそうに少し耳や尻尾を動かしたり、上目遣いで僕を見たり、完全に無視したりするだけだ。

それでもいい。いや、むしろそれがありがたくて、また話しかけてしまうのだ。

「暴れる」か「寝る」かの二択

子猫には「温存する」がまだわからない

子猫を預かった。約二ヶ月間世話をして、先日無事里親さんに譲渡した。久しぶりに子猫の世話をして、改めてすごいと思ったことが三つある。

一つ目は「何をするにも全力である」ことだ。走れるようになった子猫は、全力でしか走らない。そして(静かだな)と思う間すらなく、気づくと寝ている。「オン」と「オフ」しかないのだ。「スイッチが切れたように」という比喩は、子猫を表すのに最適だと思う。

二つ目は「一度覚えると忘れない」ことだ。我が家の猫タワーは、一部ポールをよじ登らないと上までは登れない構造になっている。子猫は何度も挑戦したけれど、なかなか一番上まで登れなかった。ある日、何かの拍子に登れるルートを見つけると、同じルートで何度も何度も連続で登るのだ。ただし自力では降りられないので、そのたびに僕が抱っこして降ろしてやることになる。こういうときの猫は、本当にしつこい。

三つ目は「子猫は成長すると猫になる」ということだ。猫になる頃には「オン」と「オフ」だけでなく、温存することを覚える。しかも一度覚えると忘れないので、温存しっぱなしで、まったりしっぱなしなのだ。

まったく最高ではないか。

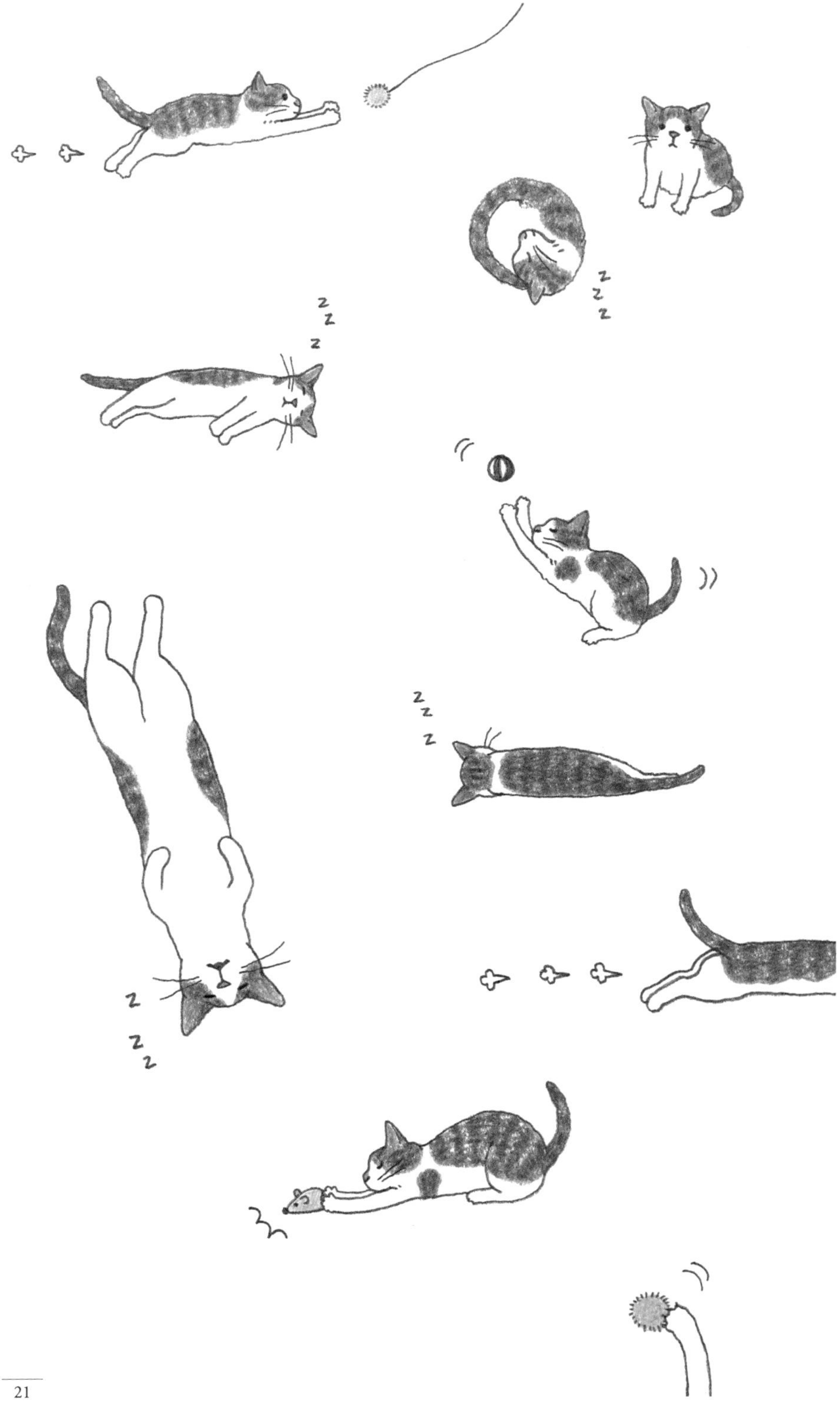

エリザベスカラーがやっと取れた猫
完治したのにむしろ弱そう

このところカップ麺ばかり食べていた。特に無精をしたわけでも、カップ麺が大好物なわけでもない。

少し前に庭に迷い込んできた猫がいる。その猫は顔に大きなケガを負っていた。「もしかしたら助からないかも」と思いながら、病院に連れていく。

顔のケガを後ろ足で掻いてしまうのを防ぐために、エリザベスカラーが必要だった。今はいろんなタイプがあるんだな……。取り急ぎ購入して装着してみる。うーん……少しエサが食べづらそう。そんなとき「カップ麺の容器で作るとい」という情報が。早速作ってみた。軽くてコンパクトなのでエサも食べやすそうだし、歩きやすそう。穴が空いたり、汚れたりしたら捨ててしまえるのもよかった。これはいい。見た目以外は。

毎日薬を塗り、二日に一度はカラーを取り替えた。つまり二日に一度、カップ麺を食べていた。

その甲斐もあってケガは随分よくなり、カラーも必要なくなった。カラーを付けていない猫は、どこか物足りなく見える。それだけの時間を要するケガだったということだ。治ってよかった。

あとは、カップ麺ばかり食べていたせいで出っ張ってきた僕のお腹が元通りになれば、完璧だ。

UP
OODLE
ら～めん
とんこ

めん
とんこ

にゃん
CUP
OODLE

祝・到来
猫のあくびが最近で最大だった
きょうからが春

パソコンの写真フォルダを眺めていると、思っている以上に猫のあくび写真が出現する。

老猫が多く、全体的に動きがない我が家で「あくび」は、絶好のシャッターチャンスである。それは撮るだろう。それにしても多い気がする。

あくびをし始めてからカメラを向けたのでは間に合わないので、たまたま写真を撮っているときにあくびをした、ということになる。待て待て。違うのではないか。たまたまなどではない。猫のほうが、カメラを向けたタイミングであくびしているのだ。

なぜだ？

「カメラを向けてきたということは、こうしたほうがいいんでしょう？」という忖度《そんたく》か。いや、そんな気を使う猫たちじゃない。……ということは、思わずあくびが出てしまっているのだ。

つまり、つまらないのだ。猫は。僕と対峙しているその時間が。あくびが出るほどに。

「（ふわーっ）そんなのはいいから、早くごはんの準備をしてよ」ということか。そういうことなのか。

悔しい。

悔しいが、これからもあくびをされれば、シャッターを切るだろう。その後、急いでごはんの準備もするだろう。下手をすると、シャッターチャンスのお礼なども言いながら、だ。

愛に似て生温かくやや痛い
猫におでこを舐められている

　猫が時折見せる愛情表現らしき仕草には、心が揺れる。のどを鳴らしたり、ひざに乗られたりすると「もしかしたら俺、好かれているのかも。いやいや、勘違いしてはいけない」みたいに喜びと自制の間を行き来することになる。

　猫は何を考えているのか、わかりそうでわからない。わからないからこそ、僕の都合で猫の気持ちを解釈してしまうことへの警戒心が、常にある。我ながら面倒くさい。

　複数の猫と暮らしていると、その仕草にもいろいろと個性があることに気づく。お腹を見せて甘える猫、体の一部をくっつけて寄り添う猫、鼻や身体を擦り付けてくる猫……。

　目が合うと、うなずくようにゆっくり目を細める猫がいる。最初は単にそういう癖なのだと思っていたけれど、これも愛情表現だと知って一層愛おしくなった。また、話しかけるように、声を出さないで鳴く猫もいる。俗に「サイレント・ニャー」と言われるこの仕草も、親愛の表現だそうだ。

　最も悩ましいのは、腕や顔を舐めてくれる猫だ。一点集中型で、同じ場所をひたすら舐め続ける。ザリザリザリザリザリザリ……。痛くても、これは愛なのだと思い込み、終わるまでは、我慢我慢なのである。

もう狩りをすることのない猫が研ぐ爪がときどき私に刺さる

爪を研ぐ猫は、一心不乱だ。

それはそうだろう。猫にとって爪は狩りをするための道具であり、身を守るための武器である。爪のメンテナンスが、生死に関わる問題なのだ。プロスポーツ選手が道具を入念に手入れするように、猫も爪を研ぐのだ。爪を研ぐ猫を見ると「怠ってないな」と思う。

そんな猫が日々重ねる（文字通りの意味での）研鑽《けんさん》を水泡に帰す張本人が、あろうことか僕なのだ。「爪切り」という行事である。あんなに猫が一生懸命研いだ爪を？　切るの？　僕が？

……というわけで、猫の爪を切るのが苦手で、サボりがちだ。

そばに来た猫を手や指でじゃらす。もう子猫ではない猫が申し訳程度にかまってくれる。しばらく遊んでいると、あんなに億劫《おっくう》そうだったのに、急にスイッチが入る。そして、サボったせいで凶器みたいになっている爪が、手の甲に刺さるのだ。

その痛みは、僕が奪ってしまった野生の猫としての「痛み」にも感じられて、申し訳ない気持ちになる。

……とはいえ、おたがいのために猫の爪はまめに切ろう、と何度も思ってはいるのだが、きょうも僕の手は引っかき傷だらけだ。

実情はさておき
窓辺に猫がいる我が家は
幸せそうに見えそう

定期的に診てもらう必要がある猫がいて、二週間に一度くらい動物病院に行く。病院へは、妻の運転する車で行くことが多い。僕は助手席専門だ。

病院への道中、猫を飼っている家が数軒ある。猫は窓辺が好きなので、病院に行くときには、結構な高確率で窓越しにちょこんと座る猫を目撃できる。それが、なんだかうれしい。

通り過ぎるほんの一瞬の間に「いたいた！　きょうはでかい茶白がいた！」「二匹いるよ！」「きょうは誰もいなかった……」などと、興奮気味に妻に報告する。病院に連れて行かれる猫は、キャリーバッグの中で不満そうに鳴いている。車内はいつもそんな感じだ。

窓辺の猫はいい。外から見る窓辺の猫は、なぜあんなにいいのだろう。まず毛づやがよくて、健康的な猫が多いのがいい。かわいがられているんだろうな……と想像できるのも微笑ましい。あと自宅なので、猫がくつろいでいる様子なのもいい。

また、その家の人に「おお、同志よ……」みたいな気持ちにもなる。我が家で猫が引き起こすいろいろなことを、この家の人も体験しているのかと思うと、ちょっと一緒にお酒でも飲みに行きたくなる。

気が重くなりがちな通院だけど、そう悪いものでもないのだ。

振ると得るものがあるとき小刻みに猫の尻尾はふるえるものだ

震えるのって、どういうときだろう。寒くて震えたことはある。恐怖で震えたことは……ない気がする。喜びにうち震えた経験もない。もちろん、誰かに会いたくて震えたこともない。人は意外と震えない。

猫は、よく震えているように見える。病院の診察台で、身体に手を添えると震えている。かわいそうに。のどが鳴るのも、多分どこかが震えているのだろう。そして僕は、猫がうれしいとき、尻尾を立てて小刻みに震わせる様子が大好きだ。

この「尻尾プルプル」の何が僕を惹きつけるのか。猫が尻尾を震わせるのは、「今まさにうれしい」というより「この後、いいことが起きそうだ」というときである気がする。そこには、明るい未来を信じ切っている無邪気さと強さがあって、それがいい。

「この人が現れたということは、これからごはんに違いない（プルプル）」

「ここに座るということは、今からなでてもらえるに違いない（プルプル）」

つまり、僕が震える尻尾を目撃するとき、必ず猫に期待されているのだ。僕はその期待を裏切れるほど成熟していない。その結果、まだ全然早い時間にごはんをあげてしまい、少しだけ休むはずだった座椅子で、長々と猫をなでる羽目になるのだ。

保護すべき猫が見上げている猫よ、僕は困った顔してますか？

昨秋、我が家の庭に子猫が迷い込んできた。保護して約二ヶ月後、無事に里親さんが見つかり、今は里親さん宅で溺愛されている。よかった。その里親さんに子猫を届けたときの歓迎ぶりが、僕にはまぶしくて、なんだかうらやましかった。

気づいたのだ。そう言えば、僕は、喜びだけをもって猫を迎え入れたことが一度もない。どの猫も、うっかり出会ってしまい、放っておけなくてやむなく保護したのだ。予定もしていなければ、準備も覚悟もない。毎回、うれしいよりも不安の割合のほうがずっと大きい。

保護したあとも、ウイルス検査や血液検査の結果が出るまでの間、ものすごくやきもきする。健康であれば里親さんを探すことになるのだけれど、これもすぐに決まるとも限らず、相当骨が折れるし、気を揉む。健康上やそれ以外の理由で我が家の一員になるとしても、先住猫と上手くやっていけるのかどうかは本当に運頼みだし、上手くやっていけない場合など、考えただけで頭が痛い。

……とは言え、不安顔で迎えられる猫は、もっと不安だっただろう。だから、次に猫を保護したときは、全部承知の上で、満面の笑みで「ようこそ！」って迎えることにする。

みかん

まっさきに猫がまくらのまんなかでまんぞくそうにまるまってます

僕の布団には、常に枕が二つ並んでいる。もちろん、最愛の妻と片時も離れずに眠るため、ではない。猫用である。

僕が寝支度をし始めると、それまで自分の寝場所にいた猫が、ノソリと姿を現わす。(待ちくたびれたよ)とでも言うふうにゆっくり伸びをする。(寝てたくせに)と思いながら、布団に入ろうとすると、二つ並べてある枕のうち「僕が使うほうの」枕の真ん中で丸くなるのだ。毎回。必ず、だ。確かに僕の枕のほうが、少し高さがあって、寝心地はよさそうだけれど。猫を抱き上げ、隣の枕に移したあと、なんとなく申し訳ない気がして、のどや背中をなでてやる、までが毎晩の日課となっている。

(同じ枕をもう一つ買えばよいのでは?)と思われることだろう。僕もそう思う。でもそうしたときの想像も容易につく。同じ枕を並べて、猫が寝ていないほうの枕に(しめしめ)と頭を置く僕。しばらくすると、ぐいぐい顔を擦り付けてきたり、お尻を僕に向けたりしながら幅寄せをしてきて、ついには僕の枕を占拠する猫。

要は寝心地など関係なくて、僕の枕を奪いたいだけなのだ。その証拠に、朝起きるといつも僕の頭は、どちらの枕にも乗っていない。

"fish or chicken?"と猫に聞けたなら皿に残ったエサを見つめる

多頭飼いをしているとわかってくるけれど、猫のエサの好みは、さまざまだ。それぞれの猫の好みを把握しながら、できるだけそれに沿うような形で配膳するのも、僕の重要な仕事だ。

「この猫はウェットよりもカリカリが好き」「この猫はゼリータイプよりもスープタイプが好き」「この猫はチキンが好きだけど、サーモンは嫌い」「この猫はカツオが好き」……。僕自身は好き嫌いなくなんでも食べるというのに、この猫たちときたら。

そんな中で、味の好みが今ひとつわかりづらい上に食が細く、心配な猫がいる。ある日、その猫に普段は買わないフードを試しにあげてみたら、驚くほどガツガツ食べた。「おお、これがアタリだったのか、気づかなくて悪かった」という気持ちだった。

翌日、その猫には当然そのフードを配膳した。そりゃあ、するよね。

ス……。あ……。匂いも嗅がず、食べ物とすら認識していないかのような振る舞い。圧倒的無視だ。「ああ、今の自分の状態がすなわち『絶句する』ということか」と思った。

猫の好みは、わからない。もう無理にわかろうとも思わない。

雨の日の猫を見てるとハメハメハ「雨天休み」はたぶん正しい

きょうは朝から雨が降っている。じっとりと重い雨だ。「雨の日は調子が出ない」と認識したのは、ごく最近だ。それまでは、雨と自分の不調との関連性にまったく気づいていなかった。その関連性に気づいてからは、天気や気圧の変化を教えてくれるアプリを確認しながら、大体の不調を天候のせいにしている。健全な毎日だ。

雨の日の猫は、それはもう圧倒的に気だるそうだ。普段から寝てばかりの猫たちなのに、雨の日は「そこにもう一段レベルがあったのか！」と驚けるくらいに「何もしない」という気概に満ちあふれている。猫は「わがまま」と言われることが多いけれど、なんというか、自分の気分に準じていて潔いのだと思う。雨の日の猫の様子を見ているうちに「そういえば、僕がだるいのも雨の日が多い気がする……」と気づいた。案外、自分のことはわからないものなのだ。

南の島の大王は、雨が降ったら学校を休みにする、という旨の童謡がある。今、窓辺でどんよりしている猫たちと、自分の調子とを鑑《かんが》みると、雨の日に休むことは実は合理的なのではないか、と思える。思えるけれど、猫ほどの潔さがないので、この原稿を書いている。

なんとか書き上がった。

この家で観測してきた限りでは猫はコタツで丸くならない

そろそろコタツの季節である。

毎年、我が家のコタツが稼働し始めると、朝八時にコタツの中の様子を写真や動画に撮って、ツイッターというSNSにアップしている。そんなことを、もう六シーズンも続けている。我ながらよくわからない持続力だけれど、昨シーズン辺りから僕以外にも、自分の家のコタツでくつろぐ猫の様子をアップしてくれる方が増えてきて、なかなか楽しい。(ちなみにハッシュタグは「#ネコタツ」。みなさん、奮ってご参加ください)

そして、さすがに毎朝見ていると気づくのだ。猫がコタツの中では丸くならないことに。コタツの中の猫は、むしろ長い。

だからずっと「あの童謡の作詞者は、猫を飼っておらず、想像で書いたのでは?」と思っていた……が、違った。

当時のコタツは火鉢などの周りに木製の櫓《やぐら》を組み、その上に布団を掛ける方式で、かつ天板がなかったらしい。猫はそのコタツの「中」ではなく、「上」で丸くなって暖を取っていた、というのだ。衝撃。

作詞者(不詳らしい)の方にはあらぬ疑いをかけて大変申し訳なかった。でも百年以上前の人々も、コタツの上で丸くなった猫を愛でていたのだ、と思うと、微笑ましくもなった。

猫が名を理解しているならば
この無反応さのわけを知りたい

以前、こんな短歌を作ったことがある。

名を呼ぶと尻尾で答える猫がいる
妻を呼んでも答えちゃうけど

つまり「猫は自分の名前なんてわかっていないでしょ」と思っていたのだ。尻尾で反応してくれる猫はまだマシで、名前を呼んでも無反応な猫がほとんどな印象だった。

ある日、猫は自分の名前を聞き分けている、という論文が発表されたことを知り、愕然とした。そんなはずはない。先日、当連載のイラスト担当の小泉さんにこの話をしたら「ああ、そのニュース、何かで読みました。そりゃそうでしょう、当たり前ですよね」と、僕とはまったく逆の反応で、また愕然とした。

だって考えてみてほしい。これまでに何匹の猫と出会い、何万回猫の名前を呼んだだろう。猫が自分の名前を聞き分けているとすると、名前を呼ぶ僕のことを「ああ、この人に呼ばれているな……」と理解しながら、あえての、あの無視であり、あの完璧な無反応、ということになる。マジか。あんなナチュラルな聞こえないふりができるなんて。僕も見習いたい。

でも名前がわかるからといって、逐一反応されても困るのだ。反応が薄いからこそ、僕はまた用もないのに猫の名を口にすることができるのだから。

「目の色が変わる」は
「夢中になる」の意味
子猫は夢中で猫になりゆく

猫は成長するにつれて、目の色が変わる。子猫の頃は、みんなグレーがかった青い目をしている。青くて、きれいで少し怖い。この目の色のことを「キトンブルー」という。キトンブルーからだんだん青と茶色が混ざったような、形容しづらい深い深い色を経て、本来の目の色に移っていく。成猫の目も茶色やグリーン、ブルーなどさまざまで、その変化はとても神秘的だ。やがて失われ、二度と手に入らないもの、それがキトンブルーなのだ……というのは、さすがに大げさだけど、儚くて、いい。

キトンブルーについて調べてみると「虹彩が……」「メラニン色素が……」「レイリー散乱が……」などと、なんだか難しそうな用語がいっぱい出てきて、ちょっとひるんだ。「ああ、学生の頃習ったにちがいない用語たちよ……」と苦々しく思っていたら、興味深い記述を見つけてしまった。「子猫の目が青いのは、青い色素があるわけではなく、空や海の色が青いのと同じ理屈である」らしい。何それ。素敵すぎない？

キトンブルー　子猫の青い目と
空や海の青さはおなじ青さだ

素敵すぎて短歌にしてしまった。冒頭の短歌、こっちのほうがよかったかも。

ネコノイル

いい人と思われそうでも　まあ　いいや　いまから猫のはなしをします

捨て猫が鳴いていました　鳴くこともできなくなった猫の隣で

見て見ないふりをしてたら死んでいた猫じゃなければ見なかったかな

猫が増え消臭グッズも増え続け普通の匂いがもうわからない

里親を探すつもりの猫の名は「1」 愛着がわかないように

去勢して軟禁している猫たちに癒されたりして申し訳ない

窓際に五匹の猫が並んでる 「るるるるる」って見えなくもない

縁側で猫が寝ている家にいてもう戻れないくらいに平和

一階におりていけない猫といて　きょうは仕事をサボる気がする

空腹だ　猫のえさしかないけれど　猫のえさならある　空腹だ

掃除機が苦手な猫のせいにして昼寝にしたい掃除当番

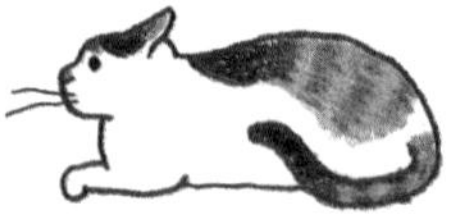

なにもかも見透かした目で僕を見る猫の前ではうまく笑える

名を呼ぶと尻尾で答える猫がいる　妻を呼んでも答えちゃうけど

盛り上がりそうなときにもベッドには猫が寝ていてなごんでしぼむ

右に妻　左には壁　胸に猫　枕元に猫　股ぐらに猫

植えたてのネギでじゃれてる　そういえば猫という字はけものへんに苗
あの塀にいつもの猫が来なくなり　きょうもいつもの塀だけがある
ノラなのに人なつっこい　おそらくは過去に名前で呼ばれてた猫

もう猫がいない実家のキッチンの猫のうつわに残るカリカリ

無愛想な義父が乗る軽自動車のボンネットには猫の足あと

「あげないよ」って顔で振り向く野良猫の口に丸ごとちくわ一本

猫じゃないことを確認されながらまた轢かれていく車道の軍手

食卓の上まではもう跳べなくて見上げる猫と食う一夜干し

美しい猫の背中をなでている僕の猫背は美しくない

なでられている猫よりもなでている僕こそ喉が鳴っちゃいそうだ

乳を押すしぐさで眠る　母親の乳をふくんだことのない猫

猫が寝て一番さまになる場所が妻のひざだと認めていない

目もあいてなかった猫が哀愁を背中で語るまでの年月

「この家はどうだ？」と猫に聞いてみる　何も言わないのをいいことに

帰るたび「どなたですか？」と嗅ぎにくる猫と十年暮らしています

猫なりの自覚と責任なのだろう
広げた新聞紙で眠るのは

朝刊を開く。ちょっと目を離すと、今広げた新聞の上に猫が寝転がっている。いつものことだ。

猫は、特にかまってほしいというわけでも意地悪をしたいという感じでもない。面倒くささそうにやってきて、仕方なく寝転がっているように見える。いやいやですか?

……とはいえ、僕も「はい、そうですか」と引き下がるわけにはいかない。寝転がられているページはひとまずあきらめて、猫にかぶせるようにページをめくる。はい、猫サンドのできあがり。そのまま読み進める。僕にとっても、猫にとってもあまり快適ではない状態での我慢くらべが続く。最後には僕が折れて、猫サンドは置いたまま、その場を離れるのもいつものことだ。

こういうときに譲るのが大人というもので、猫にその種の大人げを求めるのは大人げない、ということくらい僕にもわかる。たぶん猫だって(ときにいやいやだったりしながら)猫なりの役割を猫なりにまっとうしているだけ

なのだ。そのおかげで我が家はうまく回っているのだから、悪くない。新聞を読めないくらいがなんだ。

しばらくして戻ると、猫はまだ新聞に挟まれていた。覗いてみると、幸せそうな寝息をたてている。

うん、全然悪くない。

もらわれていった子猫に
この家を思い出さない未来を望む

我が家から初めて猫が減った……といっても悲しむべきことではなく、むしろ喜ぶべきことで、里親を探していた二匹の子猫に希望者が現れたのだ。

いくつかの手順を踏んで、先方のお宅に二匹を届けた。その晩からやけにベッドが広い。

きのうまでいた猫のぶん
寝返りが打ててしまって眠りが浅い

二匹はほぼ同時期にやってきた。片方は近くのコンビニの脇に、もう片方はゴミ捨て場に捨てられていた。うちにはすでに十匹の猫がいたので、最初から里親を探すつもりだった。

こちらから決めてお別れする猫で
泣く意味がなく泣くわけがない

おたがい仲がよくて、うちの猫との関係も悪くなかった。二匹でいたずらばかりしていた。

満たされた顔の子猫と
冷ましてたお弁当から消えた唐揚げ

希望者が現れないまま半年が過ぎ、やはりうちで飼うことになるのか、と思い始めていた。そんな中で、二匹一緒に引き受けてくれる人が現れた。喜ばしいからといって、さびしくないわけじゃない。

キッチンで物音がしても気にしない
もう悪さする猫はいないし

二匹には、我が家で過ごしたことなど思い出さないくらい幸せに過ごしてほしい、と心から思う。

ノラだった頃じゃできない顔で寝て油断とスキしかない猫でいて

我が家の猫は、みんな元々ノラ猫だった。

手を差し伸べなければ、数日中になくなっていたはずの命だから、保護するとき、そこに選択の余地はない。保護してから、しばらく経つと、猫の顔は劇的に変わる。つり上がっていた目が、別の猫のようにおだやかになる。それはノラ猫としての暮らしが厳しかったことの証だ。そして、我が家に安心してくれていることの証でもある。だから、ちょっとうれしい。

でも、と思う。

おだやかな顔は、もう外で暮らせない猫になってしまった、ということでもある。そうしてしまったのは僕にほかならない。選択の余地はなかったはずだけれど、それでも申し訳ない気持ちになる。猫に与えているものよりも、猫から奪ったものや与えられているもののほうが常に多い気がする。だから、せめて家の中ではスキだらけで、油断して、うかつな顔で眠ってもらいたい。そう、左のイラストみたいに。

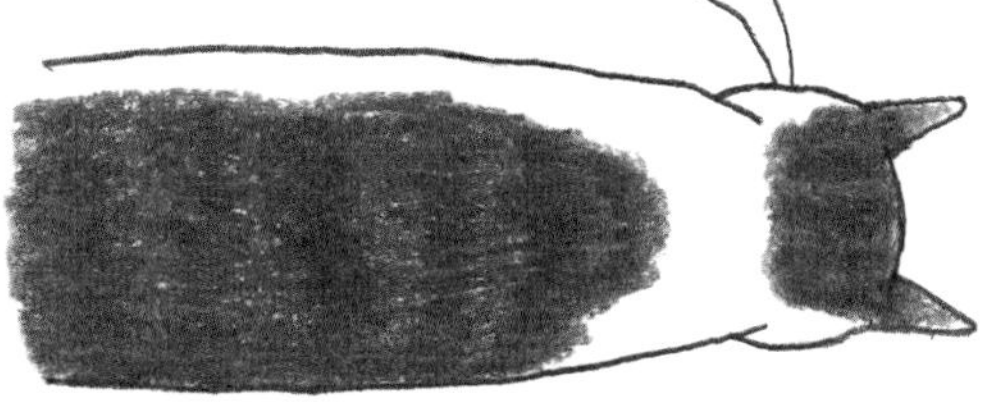

※私事で恐縮ですが、仕事の都合でしばらく家を離れています。離れる前は「七年ぶりに一人暮らしか……」と、ほんの少し浮かれたりしていました。でも実際離れてみて、こんなに猫の匂いが恋しくなるとは、我ながら意外です。猫に会いたい。

のどが鳴る楽器をなでる一流のネコナディストになる春の夜

この世で一番好きな音は、猫が鳴らすのどの音だ。「鳴らす」というよりも、無自覚のうちに「鳴ってしまっている」感じが好きなのかもしれない。なんだよ、そのうかつさは。

なでると条件反射のように鳴ってしまう猫もいれば、まるで鳴らない猫もいるのが、また心憎い。しかも気持ちよく鳴っているからといって、調子に乗ってなでていると、突然引っ掻かれたりする。なんだよ、その気ままさは。

とても扱いにくいけれど、とても幸せな音を奏でる楽器のようだ。そういえば猫の背中は、なでられるために作られたみたいな曲線で、それもまた楽器のように美しい。

ピアノを弾く人が「ピアニスト」と呼ばれるなら、猫をなでる人は「ネコナディスト」と呼ばれてもいい。もちろん呼ばれなくてもいい。世界中の猫と世界中のネコナディストが幸せでありますように。そして世界がゴロゴロというらかつな音に包まれますように。

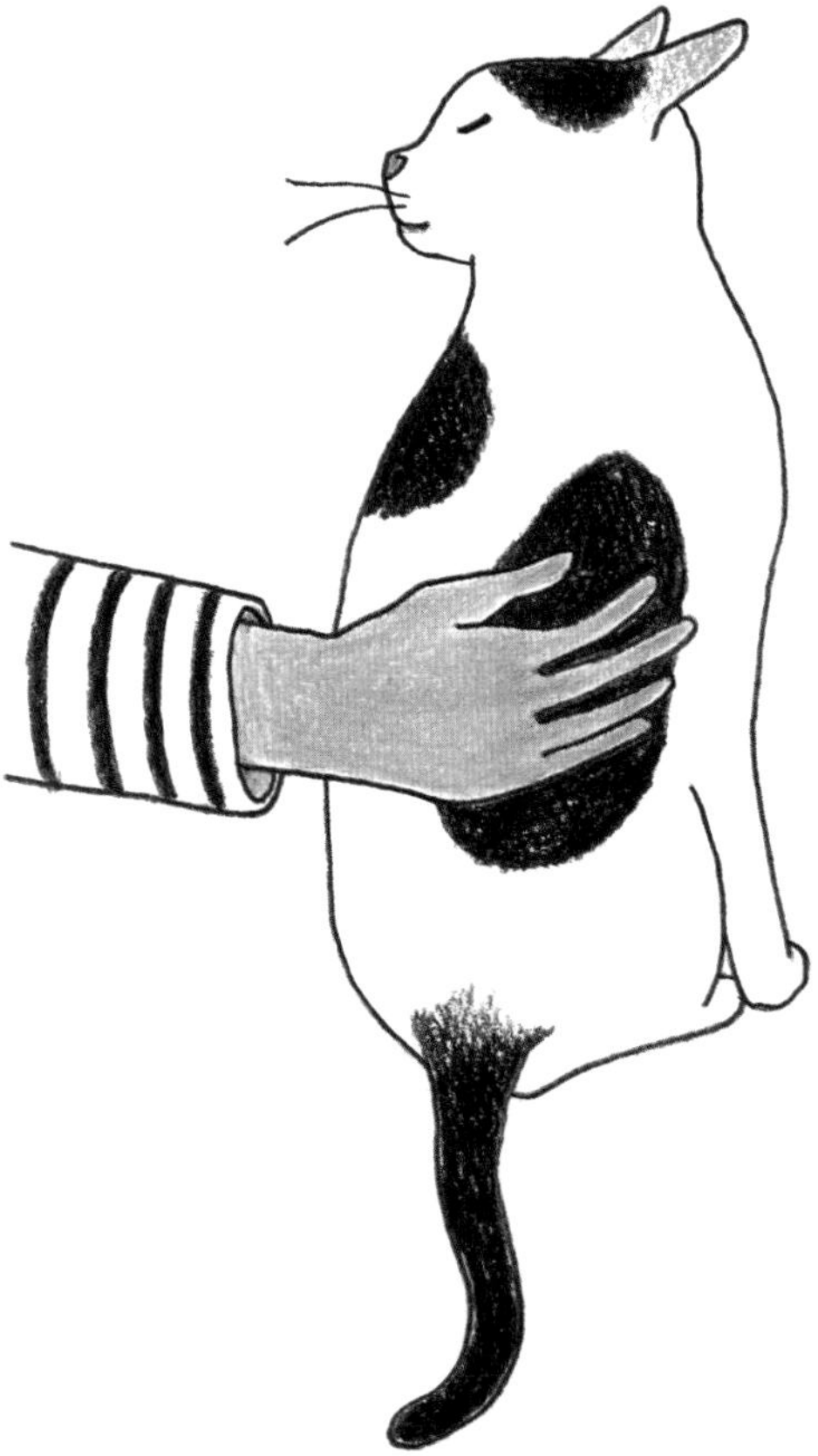

※私事で恐縮ですが、依然単身赴任継続中です。猫がいる生活のすばらしさを、猫がいない生活で思い知っています。ネコナディストとしては、明らかに練習不足です。ゴロゴロを奏でたい。

猫よけのペットボトルに反射した光でじゃれる子猫が二匹

　仕事の都合で我が家を離れてから、一年が経つ。耐えがたいので「猫に囲まれて暮していた人間が、猫のいない生活を続けるとどうなるのか」という実験中だと思うことにしている。

　実験開始当初、僕は黒い服を好んで着ていた。猫の毛が目立つから、と家ではほとんど着ていなかった反動だったのだと思う。しかし今、黒い服をよく着るのは、時折猫の毛を見つけて「ああ、これはあいつのだな……」と、思いをはせるためだ。

　実験開始当初、僕はあこがれだった「寝返り」を手に入れた。一人暮らしのベッドは当然僕専用で広かった。でも今は、その広さがむしろ寝苦しい。猫だらけの狭いベッドが恋しい。

　実験開始当初、僕は猫から少し解放された気持ちだった。自分の出す音しかしない部屋はとても静かで新鮮だった。でも今は、爪を研ぐ音もカリカリを食べる音もしないこの部屋がつらい。部屋から逃げるように散歩に出ると、無意識のうちに猫の気配を探してい

る。路地があれば、覗いてしまう。ゴミ捨て場があれば、凝視してしまう。猫よけのペットボトルですら、そこに猫がいる証拠として辺りを見回してしまう。猫を見かけたらラッキーデー。
……教授、この実験、いつ終わりますか？

幸せは重くて苦い
ひざに寝る猫を起こさずすすするコーヒー

ソファーに座ると待ち構えていたかのように、ひざの上に猫が乗る。気持ちよさそうにのどを鳴らし、しばらくすると眠ってしまう。うちの猫はみんなずっしり重い。ああ、そうだった。そういえば、僕の日常はこんな感じだった。

単身赴任から一年半ぶりに我が家に戻って一ヶ月が経つ。猫たちもようやく「こいつ（僕）は、どうやらずっと家にいるらしい」という程度には慣れてきた。僕のほうも「よくそんなに何もかも忘れてしまえるね」と、妻にあきれられながら、少しずつ我が家のルールを思い出して暮らしている。ルールと言えば、我が家には「猫がひざで眠っているときは、動かなくてよい」という暗黙の掟がある。あんなに気持ちよさそうな眠りを妨げていいはずがない、と少なくとも僕たちは考える。例えば妻が「コーヒーを飲みたい」と思ったとして、そのときひざに猫がいれば、必然的に僕がコーヒーを入れることになる。逆もまた然り。

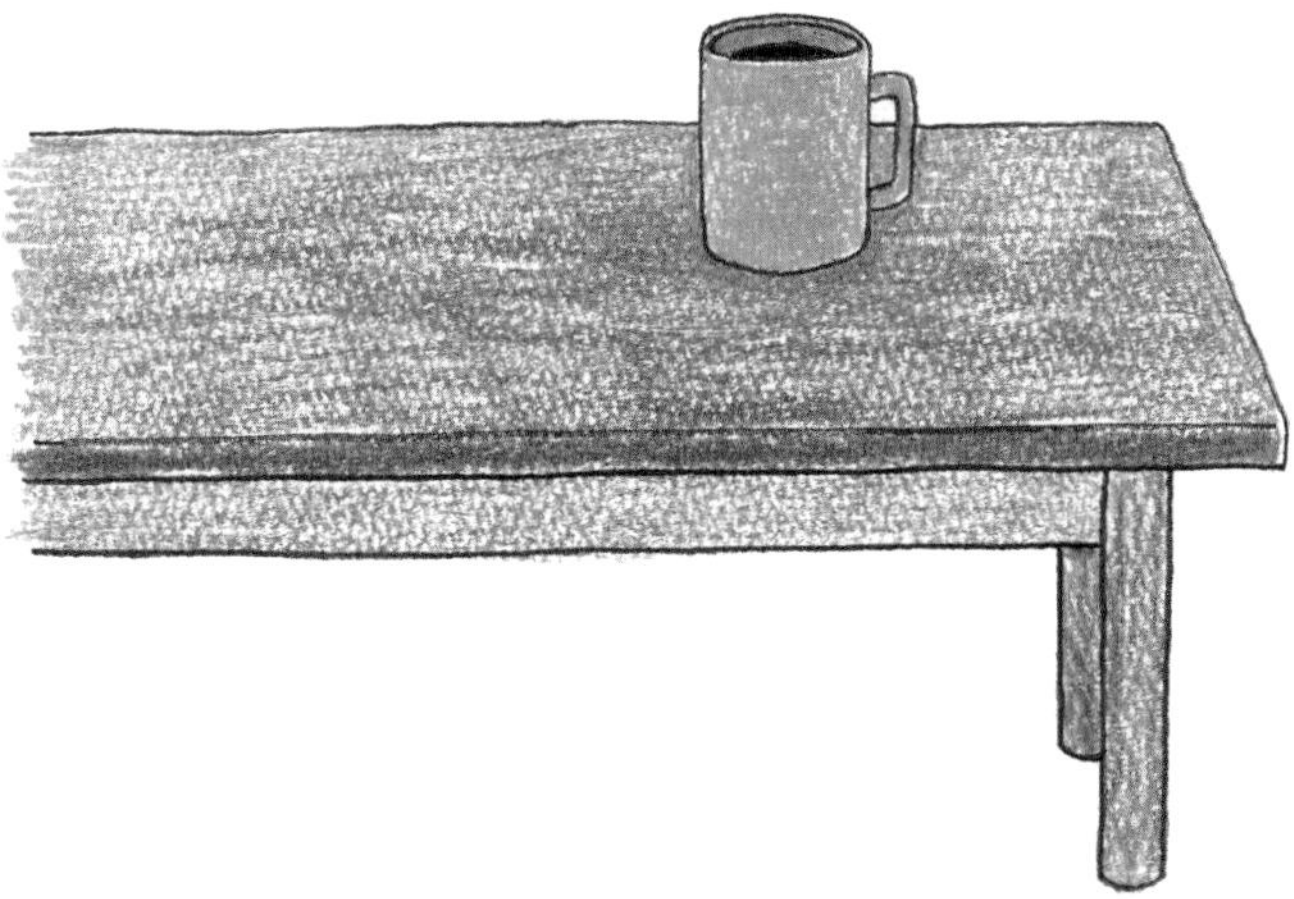

幸せは、重さだ。一年半の一人暮らしで実感としてわかったのは、このことだった。今わずらわしく感じている重さだって、いつかきっとそれが愛おしいものであることに気づく。重さとはそういうものだ。
猫が眠るひざの重さは、まぎれもなく幸せとイコールだと思う。妻にコーヒーを入れてもらえるという特権も含めて。

猫の毛のせいでくしゃみが出るせいで逃げ去る猫の毛が舞うせいで

単身赴任中は、長くて一ヶ月以上、短くても五日間は我が家に戻らなかった。

久々に戻る自宅は、独特の匂いがして、その匂いが「ああ、我が家だ」という気持ちにしてくれた。いい感じに書いてみたけれど、つまり、我が家は獣くさいのだ。

「ああ、（獣くさい）我が家だ」と、しばらくくつろいでいると、どういうわけか必ずくしゃみと鼻水と涙に見舞われる。これはあの有名な「猫アレルギー」なのではないだろうか。過去、アトピー性皮膚炎を患っていた時期もあったので、その傾向がないわけではなかったけれど、毎日家にいるときには気づかなかった。

その症状自体は軽微で、全然大したことではない。問題は、くしゃみのせいで、「こみ」に避けられることだ（こみはくしゃみが嫌い）。

これは、由々しい。僕のくしゃみは連発型だ。一回目で、丸くなって寝ていたこみは、顔を上げてむっくり起き上がる。二回目で、ものすごく非難がましく「ヤヤヤヤ」と鳴く。三回目で、寝室の

ベッドの下に逃げ込んでしばらく出てこなくなる。

たぶんこみは「何？　その変な鳴き声。嫌い！」とでも思っているのだろう。違うのに。しかもこのくしゃみの原因の一端は、こみ自身なのに。

「ヤヤヤヤ」って泣きたいのは、僕のほうなのに。

ミルキーはママの味すら知らないで鳴いてた猫に名付けた名前

ミルキーは捨てられていた。こう書くと、白くて甘いアメのことのようだけれど、そうではない。「ミルキー」は、結婚前から妻が飼っていた、我が家で最年長の猫の名前だ。唯一、僕のうかがい知らないところで名付けられた猫、ミルキー。甘ったるい……。名付けたのは若き日の妻なので、許していただきたい。（誰に？）

もう老猫なのに、どの猫よりも派手な名前、ミルキー。かわいそう……。名付けたのは若き日の妻なので、許していただきたい。（二回目か！）

ミルキーは十四年前、生後数日で妻に拾われた。どんな経緯でそこにいたのか定かではない。ただ、見つけたとき箱に入っていたらしいので、人間に捨てられたことは確かだ。比喩ではなく、文字通りの意味で「捨てられる」というのは、どういう気持ちだろう。同じ人間の仕業として、いたたまれない。妻はそんな子猫を不憫に思い、よく言えば「できるだけ不自由なく」育てた。ミルキーの気高さと、わがままさと、しつ

こさは、とても三毛猫らしいけれど、毛色のせいばかりではないと思う。ミルキーの目に映る妻は、召使いみたいな格好をしているに違いない。そして僕のことは多分、目に映りさえしていない。
　元気に長生きしてくれれば、僕なんて眼中になくても、全然いい。

口角を上げる練習
里親に猫を届けにゆく助手席で

昨年末のある日、妻がオスの子猫を連れて帰ってきた。「ほく」と名付けたその猫は、人見知りも猫見知りもまったくしなかった。

譲渡先を探していたところ、かかりつけの動物病院を通じて、とてもよいご家族に巡りあい、お試しで二週間預かってもらうことになった。

お試しの初日、里親さん宅までほくを届ける。里親さん宅には、室内犬がいた。ほくをキャリーバッグから出す。犬に近づく。緊張して見つめる人間たち。ほくと犬は、おたがいの匂いを嗅ぎ、ただおっとりしている。ほくは、ほどなくして眠り始めてしまった。犬見知りもしないのか……。

二週間後、里親さん家族とほくに再会した。里親さん家族の五歳の女の子が、ほくに向かって「マロン！」と話しかけていた。ああ、別の名前をつけてもらったんだ。仲のいい友達を呼ぶような声に「もう大丈夫だな」とうれしくなった。同時に「もうほくはいなくなるんだな」と寂しくなった。

帰りの助手席で、つとめて明るく「あのほくがマロンかー。マロンって栗だよ？ かわいらしすぎない？」と、妻に話した。無言の妻を横目で見ると、泣き笑いみたいな変な顔をしていた。

……ほく、くり、リンゴ、ごま、マロン、元気で、幸せに。

写真には残せなかった
あの猫の細さは僕の心細さだ

ミルキーへ

久しぶり。あの日、ミルが死んじゃってから一年経ったよ。そっちはどうですか？　こっちは、あまりに突然のことだったから、朋（妻）と二人で呆然としてる間に一年経っちゃったって感じです。「もう一年」なのか「まだ一年」なのかもよくわからないほど、ぼんやりした毎日だった。

朋は、ミルがいなくなってから、しょっちゅうお皿を割っては泣いてたよ。十五年も一緒にいたんだから仕方ないけどね。最近は少しマシになってる。

他の猫たちの様子も結構変わっちゃった。なつめとくうはよく喧嘩するようになったし、わらびときりが、いちをいじめたりするんだよ。これまで平和だったのは、ミルが睨みを利かせたり、たしなめたりしてくれてたおかげなんだろうね。

そうそう、今ウチに新入りがいるんだよ。「てん」っていう名前のメスの子猫。生後数日でウチに来て、今で三ヶ

月くらいかな。もうすぐ千葉の実家にもらわれていく予定。おてんばだから、ミルがいたらきっとこっぴどく怒られてたんだろうな。
　このところ、わらびやしぐれがリビングの何もないところをじっと見てることがあって、そのたびに「あ、ミルが来てるのかな」って思ってるんだけど、違うのかな。そうだといいんだけどな。

（追伸）一周忌にようやく小さい骨壺を買ったよ。残りの骨は、ミルが育った実家の畑に埋めようと思うんだけど、いいよね？

テンパってばかりの僕の心より猫の額は広い気がする

目が覚める。しまった、寝過ごした。急げ急げ。起きて掛け布団を畳もうとすると、上に猫Aが寝ている。

「寝てるのにごめんな。布団しまうから、どいてくれる？」

まだ眠そうな猫Aをどかして布団を畳む。その足元では猫Bがまとわりついて、朝ごはんの催促をする。

「あー、ちょっと待ってて。すぐにあげるから」

畳んだ布団をいったんベッドに置いて、猫Bにエサをあげる。

（さて、布団をしまわなくては）

さっき畳んだ布団に目を落とすと、なんか中央が盛り上がっていて、モゾモゾ動いている。

「頼むよー、急いでるんだよー。出て出て」

一瞬のすきに潜り込んだ猫Aを追い出す。やれやれ。布団をしまうクローゼットを開けると、今度は猫Cが入り込む。

「はー、急いでるんだから！　入んなってば！」

クローゼットから猫Cを引っ張り出す。
（ああ、こんなことで猫たちに声を荒げてはいけないよな）
　自分の心の狭さを反省しつつ、朝の準備を終えて、仕事部屋に入る。僕の椅子には、猫Dが寝ているけれど、もう怒る気にはなれない。

猫だからモテるんだからな
ひげ面で甘えん坊の中年なんて

　ときどき「神様、それは少し茶目っ気が過ぎませんか？」と言いたくなる微妙な柄の猫がいる。「顔のそこにブチを置きますか……」とか「もう少し茶色を多くしてあげないと……」とか。そういう猫を見かけたときは、「残念柄」と称して愛でることにしている。

　我が家の残念柄の筆頭は、なつめだ。保護した当初（生後約二ヶ月）からゆるぎないひげ面で、「吾輩」と言い出しそうなことから「なつめ」と名付けた。九歳になってようやく顔に年齢が追いついてきた感がある。文豪然としてきた。そのおかげか最近は、ツイッターなどで写真をアップすると「イケメン」とか「渋い」とかやけに評判がよくて、少々妬ましい。こんな顔なのに、我が家で一番の甘えん坊だ。他の猫はなでられたり、少なくとも話しかけられてからのどを鳴らすものだけれど、なつめは違う。目が合った時点で、もう「ゴロゴロ」と聞こえてくる。「パブロフの犬」ならぬ「仁尾の猫」状態だ。

　ところで、甘えん坊ではないはずだ

けれど、無精ひげを生やした中年ど真ん中の僕が、女性にはもちろんメス猫にも人気がないのは、神様のせいだろうか。きっとそうだろう。茶目っ気は猫だけにしてもらいたいものだ。

二十匹続けてかわいい猫に会う確率なんて当てにならない

　最近、眠りが深い。以前はちょっとした物音で、すぐに目が覚めていたのに。気候のせいだろうか。そして最近、猫の「いち」がしきりに甘えてくる。以前はどちらかと言えば妻派だったのに。少し僕のよさに気づき始めたのだろうか。

　ある日の朝食時、困ったふりをしながら、妻に自慢する。

「最近、夜中にいちが甘えてきてさー。鼻とか口とかにすごくスリスリしてくるんだよ。甘噛みしたり」

　妻は、ああそんなことか、という顔で答える。

「そうだよねー。結構すごい勢いで噛まれてるんだよ。それも何回も。よく起きないなー、ってちょっと感心しちゃったよ」

　え、気づいているの？　気づいているなら感心する前に、起こしてくれないか。いやむしろ、直接エサをあげてくれないか。その旨の抗議をすると「ウチには夜中にエサをあげる習慣はありません。それに、いちはあたしからじゃな

くて、あなたからエサをもらいたいんだよ」と、切り返される。それもそうかな、と思う。
　朝食後、歯を磨きながら、鏡を見ると、鼻の頭にかじられた傷がある。傷をなでながら「いちは、よほど僕のことが好きなんだな……」などと思っている。鼻の傷なんかより、いろいろずっと重症である。

猫の毛が気になってもう座れない
礼服の朝　ネクタイは白

甥の結婚披露パーティーに出席した。礼服を着るのは、三年ぶりだ。試着のため、クローゼットから引っ張り出すと、すでに猫の毛が付いている。クリーニングをしてから仕舞ったはずなのに。上着に袖を通してみると、いつのまにか別の毛も付いている。ズボンに至っては、どう穿けば毛が付かないのか皆目わからない。

この家では猫の毛から逃れられないのだ。そう気づいたから、当日はコロコロを持参し、家を出てからコロコロして猫の毛を取った。かさばるけれど、妙案だ。

田舎の古民家で行われたパーティーは、手作り感満載で、とてもいい会だった。記念撮影では、親族になりたての両家全員が、レンズだけを見つめる。のどかで、ぎこちなくて、かしこまった空気が、なんだかよかった。

なんだかよかったので、帰りの電車で妻にささやかな提案をしてみた。多分とてもいいことを思いついた顔をしていたと思う。

「帰ったら礼服のまま、猫たちをひざに乗せて記念撮影するっていうのはどうだろうか。どうせ、しばらく着ないわけだし」
妻が（またややこしいことを言い出したよ……）という顔で、僕を見る。
僕は、妻の返答は待たずに「ダメだよね」とつぶやいて、今回のところはあきらめておいた。

好きなとき好きなところで
好きなだけ寝る猫が
すきだらけで好きだ

猫に役割を求めてはいけない。猫は、何もしなくてもいい。できれば、余計なこともしなくていい。

この夏、一ヶ月半の闘病の末「しろち」が亡くなった。九歳だった。のんびり屋のくせに、最期だけ何をそんなに急いだのか。我が家には（もちろんしろちが一番）しんどい日々だった。

しろちが初めて病院に行く三日前。家の前の畑から猫の鳴き声が聞こえたような気がした。行ってみると、生後数週間くらいのオス猫がいた。ちょうどホタルの時期だったので、里親さんが見つかるまでの仮名を「ほた」とした。あごひげみたいな柄が特徴的で、とにかく人懐っこい。

しろちが日に日に弱っていくなかで、ほたの無邪気さに救われてしまっていた。里親さんの応募がなくて、ウチで飼うことを覚悟していた。……というよりも、たぶんそれを望んでいた。八月一日の明け方、しろちが亡くなった。そしてまったく同じ日、ほたに里親さんの応募があった。奇跡か、と思った。

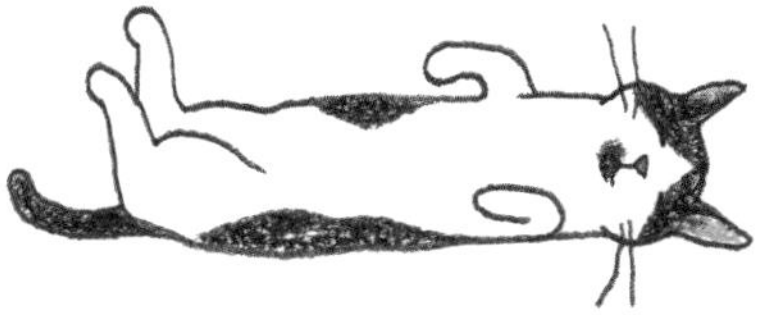

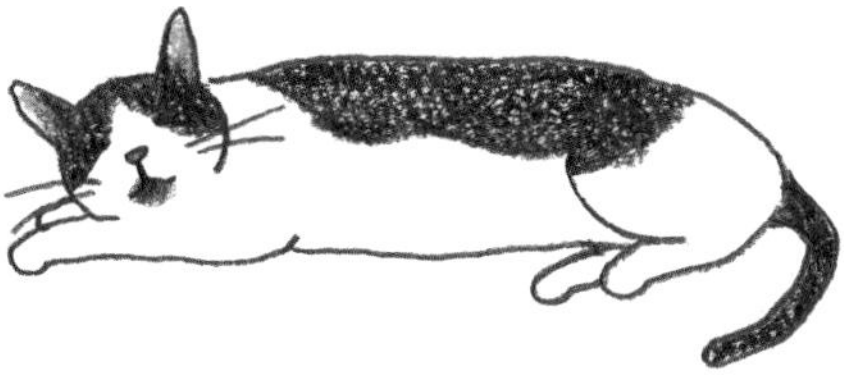

猫に役割を求めてはいけない。でも、ほただけは、必要とされるその時期にだけ、何か役割を持って我が家に来たのではないか。僕は、それに気づかないふりをして甘えさせてもらった。今は、「けい」という名前で愛されているほたには、本当に感謝している。

里親に猫を届けて行きよりもキャリーバッグが軽くて重い

歯ブラシを新しくした。古い歯ブラシを捨てようと、洗面所のゴミ箱のペダルを踏む。「このゴミ箱も、いたずらされないようにフタ付きを買ったんだっけ」と思いながら、歯ブラシを投げ入れた。

「にこ」と「ばん」は、昨秋、ほぼ同時期に保護した猫だ（名前の由来は「猫・にこ・ばん」＝「猫に小判」）。

二匹揃って、やんちゃだった。歴代の猫では経験したことがないいたずらばかりしてくれた。ゴミ箱を漁る、カーテンにぶら下がる、カーテンレールに登る、押しピンを抜く……。次から次によく思いつくものだ、と呆れた。

保護してから数ヶ月が経っても、里親さんが決まらなかった。身体つきもだんだん子猫らしくなくなってきた。ある時点から（気長に探せばいい）と思っていた。心のどこかで（見つからなければ、我が家で飼えばいい）とも思っていた。半ばあきらめ始めた頃、二匹一緒に飼いたいという方が見つかった。里親さん探しは、「運」と「縁」だ。

二匹を引き渡した後の我が家は、九匹の猫がいるとは思えないほど静かだ。我が家の寂しさの分、里親さん宅が賑やかになるのだろう。

あいつら、早く新しい家に慣れるといいな、と思う。僕も早く静かな我が家に慣れないとな、とも思う。

どちらかといえば振り回されるほう猫にも好きになった人にも

我が家には、食にこだわる猫が一匹いる。「わらび」は、体躯に似合わず、意外と繊細だ。

我が家の猫の食事は、朝夕二回。基本がドライフードで、夕食時にはウェットフードをトッピングする。ウェットフードはオマケなので、手頃な値段の缶詰を九匹に分配している。

他の猫は、それでも喜んで食べる。ところがわらびだけは、飽きてしまうのか、ある日突然食べなくなる。そういうときのために、少し値の張る缶詰も常備していて、目先を変えてやる。

あるとき、ふと考えた。

わがままなわらびが優遇されて、不満を言わない他の猫が、いつも安い缶詰で済まされる。これでは公平性に欠くのではないか。そうだそうだ!

きょうはこだわりのない「ふく」にいい缶詰をあげよう、と思い立った。

「ふくだってたまには美味しいのを食べたいよねえ」と話しかけながら、いい缶詰をトッピングしたエサを鼻先に置いてやる。

ふくは、少し匂いを嗅ぐと、まるで興味がなさそうに横を向き、台所から去ってしまった。
呆然……。ふくは、こだわりがないわけではなかった。こだわりを持って安物の缶詰を食べていたのだ。
その日、我が家には食にこだわる猫が、少なくとも二匹いることを知った。それ以上のことは、確かめていない。

猫たちよ
いくつで死んでもいいよ
でも老衰以外で死なないでくれ

猫の毛のせいでくしゃみが出るせいで
逃げ去る猫の毛が舞うせいで

以前、この連載で書いた短歌だ。逃げ去る猫とは「こみ」のことだ。こみは、僕がくしゃみをすると「ヤヤヤヤヤ」と鳴いて怒った。本当に嫌そうな鳴き方で、僕は、くしゃみのたびにこみに謝っていた。気位が高いのだ。

そのこみが、急逝してしまった。まだ十歳だった。その日の夕方、いつも通りに猫の夕食を準備して、いつも通りに二階の寝室にエサ皿を持って上がり、いつも通りの場所で寝ているこみに、「ごはんだよー」とのんきな声をかけた。こみは、いつも寝ていたクッションの上で、いつも通り寝ているように息を引き取っていた。違うのかもしれない。こみは全然いつも通りなんかじゃなかったのかもしれない。ただ僕が、予兆や異変に気づいてあげられなかっただけなのかもしれない。あまりにも突然のことで、いまだにうまく悲しめない。なんでだよ。悲しめないことが、悲しい。早

すぎるよ。

もうくしゃみをしても、怒る猫はいない。あの日以来、くしゃみをするたびに、こみの不在を思い知らされる。でも同時に、くしゃみをするたびに、こみを思い出すことになる。それは、こみの置き土産のようだ。怒られていたことも、悪いことばかりではない。

気まぐれで気品があって気難しい三毛猫は気をつかう性格

我が家の歴代の猫の中で、三毛猫は四匹だ。

初代猫「ミルキー」は、結婚前に妻が飼っていた猫だった。気が強くて、一緒に住み始めた当初、僕はいないものとされていた。完全無視である。

二月に亡くなった「こみ」は、くしゃみが苦手で、僕がくしゃみをするたびに忌々《いまいま》しそうに非難した。

こみの姉妹猫「うみ」は、最近よく「きり」とやりあっている。

そういえばミルキーもこみも、他の猫とはあまり仲がよくなかった。そのくせ三毛猫同士は仲がよいのだ。学園ドラマの、クラスで暗躍するお金持ちグループのようだ。

これまでの三毛猫がこんな感じだったので、三毛猫というのはそういう生き物だ、と思っていた。

でも第四の三毛「ふく」は、様子が違う。

怒らない。世話好きだし、愛嬌がある。他の猫とも仲がよい。これまでの三毛猫像とは真逆なのだ。なんとい

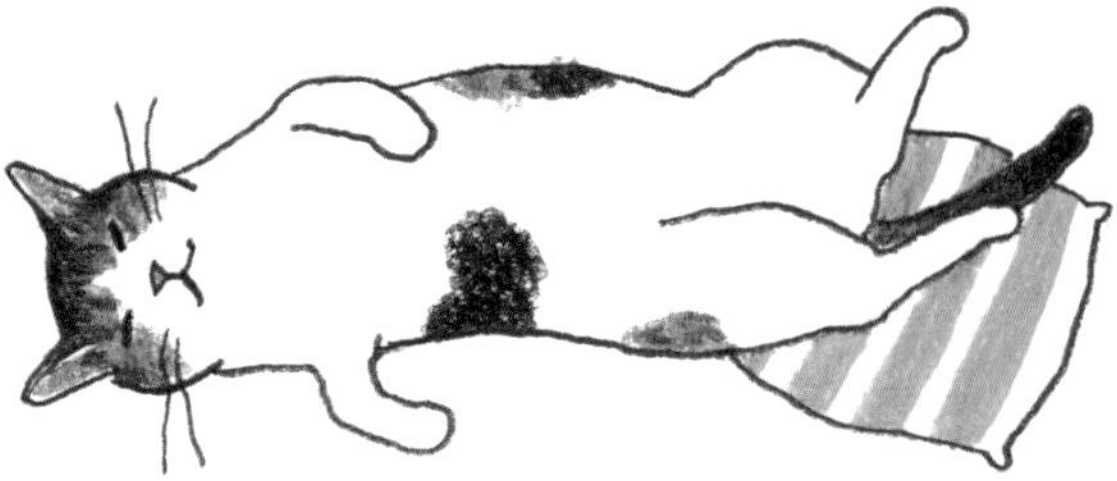

うか、そう、庶民的なのだ。

その話をしてみると、妻が言った。

「世代じゃないの？」

バブル世代とゆとり世代の考え方が違うように、同じ三毛猫でも世代が違えば、性格が変わってくるのも当然だ、と言うのだ。

（そんなわけはないだろう）と思い、ふくを見ると、相変わらず腹を出している。

ふくは、新しいタイプの三毛猫なのかもしれない。

嬉しいと「る」の音で鳴く猫がいる
悲しいときの音は知らない

飼い猫について書かれた文章は、すべて「のろけ」だと思っていい。

どれほどクールに書かれていても、騙されてはいけない。彼らは「かわいい」という安直な言葉を使わず、いかに飼い猫の魅力を伝えるかに腐心しているのだ。

最近、庭に迷い込んでくる猫が増えてきた。その中に一匹、あまり外の暮らしに馴染めていない猫がいた。僕らは、その仏頂面の猫を家に入れることにした。長毛なので「ちょう」。ひねりのない名前をつけられたにも関わらず、ちょうは個性的だった。

猫は、つれない生き物だし、そこがいい。ひざに乗せると嫌がるくせに、自分から乗ってきたときは決して動こうとしない。そういう生き物だ。

でも、ちょうは少し違う。「おいで」とひざを叩くと、喜んで乗ってくる。僕が移動すると、必ず後についてくる。入浴中は風呂場の前で待っている。忠犬なの？

しかも妻にはあまり懐かない。これ

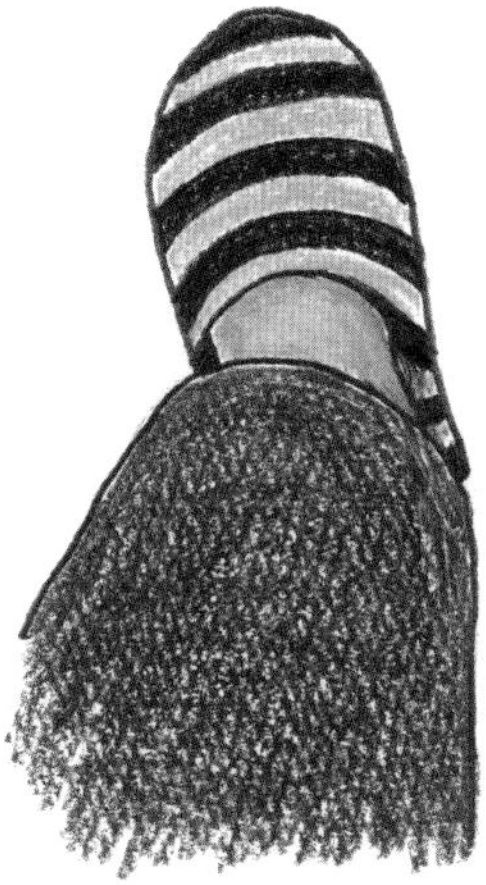

までにないパターンだ。

出張などで僕がいないときのことを考えると、この不均衡は由々しい。まったく困ったものである。

今も、トイレに行こうと椅子から立ち上がったら、僕を見上げて「うるる」と鳴いた。仏頂面なのが、またすこぶるかわいい。

……あ、使っちゃった。

里親に猫を出したり看取ったりするとき僕を筒だと思う

久しぶりに子猫を預かった。

それも生後一週間ほどの乳児だ。二階の仕事部屋にケージを置き、四時間おきに授乳する。一心不乱にミルクを飲む子猫は、命そのものだった。

二階には仕事部屋の隣にもう一室、寝室がある。

寝室には、闘病中の「いち」がいた。いちは、口内の具合がずっと思わしくなかった。週二回通院して、点滴と痛み止めの注射をしてもらっていた。もう長くないことは、わかっていた。

子猫は日に日に大きくなり、いちは日に日に弱っていく。仕事部屋では「生」と、寝室では「死」と向き合う。気持ちの振れ幅が大きな日々だった。そんなある日、いちは最期まで淡々としたまま、逝ってしまった。乳児だった子猫は、もう走り回れるようになっていた。

「生」と「死」の振れ幅の中で、「我が家は筒なのだ」と強く思った。猫が、ただ通り過ぎていく「筒」。筒だから虚しい、という訳ではない。どちらかと言え

ば「筒」として関わっていく覚悟ができた」という感じだ。

その後、子猫は姉夫婦の家にもらわれていった。今は「トム」という名前で、溺愛されている。

筒でいい。

縁のあった猫が、その生をおだやかに過ごせるための「筒」であろう、と思う。

「あの頃はかわいかった」と過去形で猫に言及したことがない

昨年末、母が他界し、実家で飼っていた猫「てん」を我が家で引き取った。

　てんは元々、七年前、妻が保護した猫だ。生後十日ほどで、見た目が猫というよりイタチ科のテンのようだったので「てん」と名付けた。授乳期が終わるまでうちで過ごし、その後、飼いたいという母に譲ったのだ。

　当時、てんの毛色は薄いクリーム色で柄はほとんどなく、シャム猫のような感じになるのかな、と思っていた。

　ところが実家に訪れるたび、てんの毛色は濃くなり、柄もはっきりしていった。今となっては保護した当初の面影がほとんどなくて、まるで別の猫みたいだ。まさに「猫ばけちゃった！」※である。ばけちゃったけれど、てんに限らず、猫には「子猫の頃はかわいかった」なんて思ったことがない。ずっと継続していることは、過去形で思い出したりしないものだ。

　一匹で溺愛されていた実家での生活から、突然他の猫との共同生活になって大変だと思うし、行ったり来たりさ

せてしまって申し訳ない、とも思う。
だからせめて、生前の母の口調を真似て「てん子ちゃん、かわいいねぇ」と、日に何度も話しかけている。
てんは、そのたびにまあまあ面倒くさそうな顔をする。

※「猫ばけちゃった！」は、子猫の頃の写真と現在の写真が掲載される、新美敬子さんによる『ネコまる』の人気コーナー。

誕生日すらわからない猫なので
命日くらい見届けるのだ

昨冬のある日、庭に見慣れない猫がやってきた。顔の右半分がかさぶたで覆われていて、ガリガリでボロボロだった。

抵抗する体力すら残っていなかったので、労せずに捕獲して病院へ連れて行く。体重2キロ、顔の右半分に大ケガ、貧血、脱水症状、黄疸……。「ちょっと厳しいかも知れません」と先生から言われ、それも致し方なし、という様子だった。

「名前は？」と聞かれ、とっさに「ボロボロなので『ぼうちゃん』で」と、本当に雑に命名した。だって、もう無理だと思っていたから。

病院の適切な処置のおかげで、一命は取り留めたけれど、猫免疫不全ウイルス感染症と猫白血病ウイルス感染症の両方とも陽性だった。その上、猫伝染性貧血も患っており、晴れて(?)我が家に仲間入りしたのだ。仲間入りと言っても、他の猫とは完全に隔離されているし、定期的に病院に行かなくちゃならない。でも体

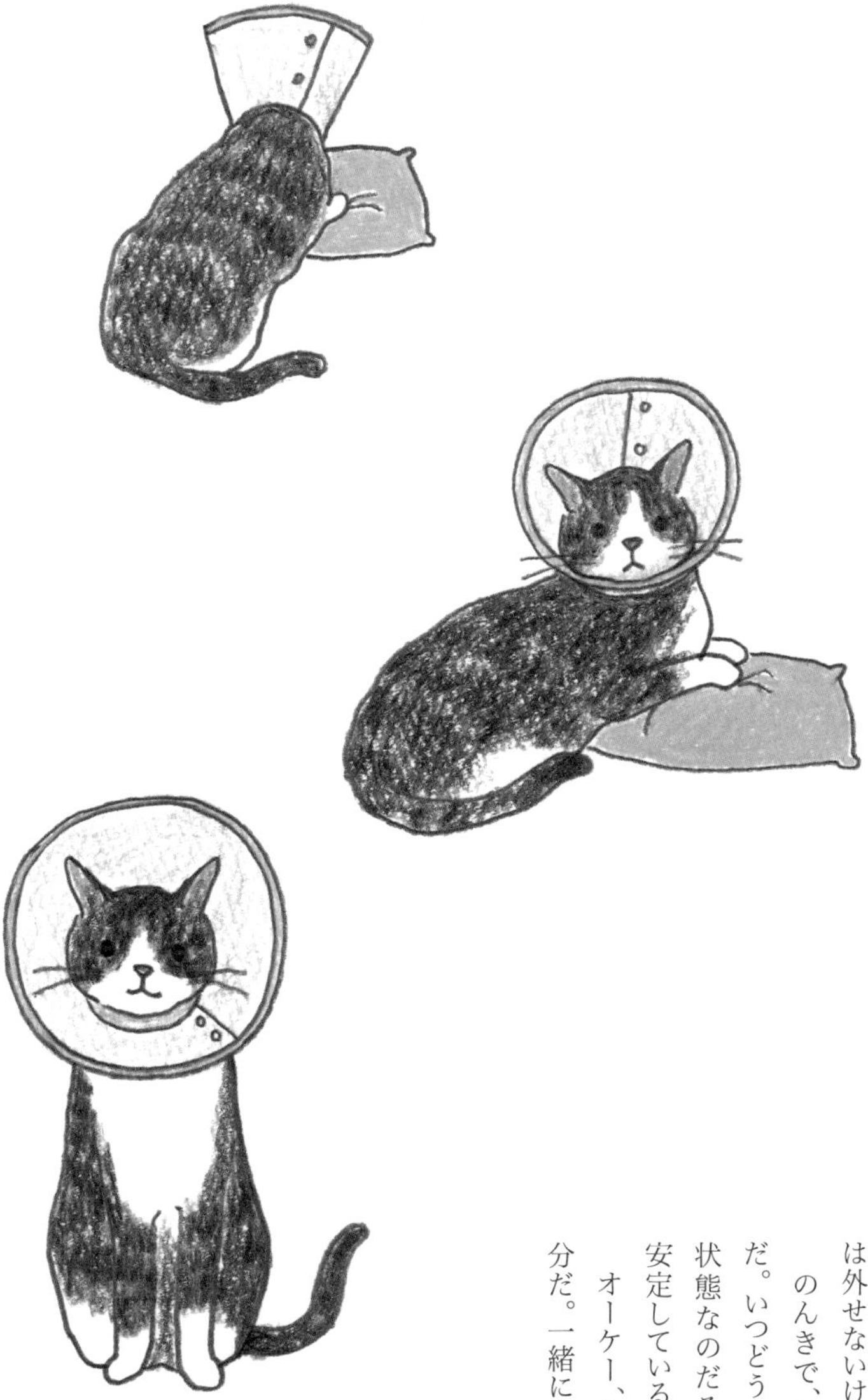

重は二倍以上に増えたし、右頬のケガも治った(引っ掻いちゃうからカラーは外せないけれど)。
　のんきで、甘えん坊で、気のいい猫だ。いつどうなっても文句は言えない状態なのだろうけど、今はすこぶる安定している。
　オーケー、生きててくれただけで十分だ。一緒に楽しくやろう。

幸せに匂いがあれば日なたとかパンとか猫に似ているはずだ

よく「猫は日なたの匂いがする」と言われる。

僕は「猫は稲穂の匂いがする」と思っている。他の人に尋ねてみると、実に多様な「猫の匂い」が挙がる。ビスケット、蒸したポテト、紙石鹸、茹でた枝豆、トーストしたパン……。

試しに「猫 いい匂い」で検索してみると、ミルク、バター、メープルシロップ、干し草、布団、ポップコーン……と、本当にいろいろな匂いに例えられている。たぶん「この匂い成分がこれと似ているから」という「正解」があるのだろうが、それにはあまり興味がない。それよりも、同じ匂いを嗅いでいるのに、これだけ多くのものに似ていると言われることが、とても興味深い。決定的に「これ!」というのがないのも、掴みどころがなくて猫っぽい。

僕が「稲穂の匂いがする」と感じるのは、田舎に住んでいること

が影響しているのだろう。しかも「稲穂」=「いい匂い」というイメージで結びついている。そう考えると「猫の匂いをどう感じるか」には、その人の生活や幸福観みたいなものがにじみ出るようでおもしろい。

九匹の猫というより九つの命とともに暮らしています

この秋、五度目のベトナム旅行に行った。

急遽予定よりも三日早く帰国したのだけれど、思わぬことが待っていた。

無事帰宅し、近所のコンビニに行った際、植え込みで丸まっているサビ猫を見つけてしまったのだ。

(生きてる?)と思いながら近づくと、少し顔を上げた。よかった、生きてる。抱き上げると、とても軽く、抵抗もしない。すぐに病院に連れていく。ウイルス検査の結果は、猫エイズと猫白血病、どちらも陽性。その瞬間、我が家の九匹目の猫になることが決まった。

妻は「『のんびり』とか『安心』とかそんな雰囲気の名前がいい」と言った。名付けることは、どこか祈りに似ている。調べると、ベトナム語で「のんびり」は「Nhàn nhã」というらしい。偶然響きも猫っぽい。ベトナムから戻った日に保護した猫は、「ニャンニャ」と名付けられた。

こうして我が家は、高齢と病気の猫ばかりになっていき、否応なしに「命」

の輪郭がはっきりしてくる。
いつまで一緒にいられるかわからない命たちとの日々は濃密で、ひなたで箱座りをしているだけでじんわりしてしまう。名前の通り、のんびりしてほしい。

モテ期来る
添い寝をせがむ恋人が毎晩変わる
猫から猫へ

冬が苦手だ。一年中夏だったらいいのに、と思う。そういうことを言うと、暑いのが苦手な人は必ず、本当に必ず言う。

「寒いのは服を着ればしのげるけれど、暑いのは裸になっても暑い」

それはもう聞き飽きた。そういうことではないのだ。寒いのは、気が滅入っていけない。

「常夏の島に引っ越せばいい」

それも聞き飽きた。そういう助言は、家のローンを払い終わって、余裕ができてからにしてもらいたい。

そんな訳で、また冬が来た。就寝時には猫たちがベッドに集結する。冬の風物詩、「寝場所争奪戦」の始まりである。シングルベッド二つ分の広さの中で、二人と五匹（あと四匹は一階で寝ている）が場所を取り合うのだ。あるときは猫の間を縫うように横たわり、またあるときは胸や腹に猫を乗せて、僕らは寝場所を確保する。

早朝、目が覚めると、頭の下に枕がない。横を向くと、猫が我が物顔に枕

を占領している。まだ眠い僕は、枕の右側の四分の一だけに、なぜか申し訳ない気持ちで頭を乗せる。今度は、どうも足が寒い。首だけを起こして確認すると、腿の脇あたりの掛布団の上で、別の猫が丸くなっていて、布団と毛布を半分以上持っていかれている。腰から下には、何も掛かっていない。寒いはずだ。気持ちよさそうに寝ている猫を起こすのはしのびない。

仕方なく、そっと布団から出る。冬は、むやみに早起きになる。本当に冬が苦手だ。

おしっこに行きたい僕の膀胱の辺りで猫がふみふみをする

「猫は自分の名前がわかっている」とか「猫には人の気持ちが理解できる」とか、よく聞く。僕は「いやいや、猫は違う名前でも振り向くし、自分の名前でも振り向かないよ」と思っている。人の気持ちだってわかっていないと思う。そもそも人の気持ちなんて、人間同士だって全然わからないよ……。

ここ数日、風邪で寝込んでいた。咳をしながらベッドで横になっていると、冬場は自分の寝場所からほとんど出てこない最年長猫「くぅ」が、もんやりと姿を現した。仰向けの僕の胸の辺りに乗っかって、覗き込むように僕を見下ろす。

その顔を見たとき「もしかしたら心配してくれているのだろうか」と、思いそうになった。思いそうになったけれど、思いとどまった。

「『大丈夫？』って言っているように見えるのは、僕が弱っているからだ」と、必死で思いとどまりながら、思い至ったことがある。

僕は、たぶん「猫は名前だって理解しているし、人間同士ではわからないようなことでも全部お見通しなんだ」と思いたいのだ。でも、そう思わないように自制している。

くうが、胸の上で香箱座りをして、本格的に落ち着いた。

この重さで、十分だ。いるだけで十分なのだ。

はしたなく猫が寝ていて本日は三寒四温の四温のほうだ

異動や移動が多い季節だ。新しい環境は、心配だったり、新鮮だったり、心が忙しい。

今はほぼ自宅で仕事をしているけれど、数年前までは、出張が多く留守がちだった。

いつもいる場所を離れてみると、色々気づくことがあっておもしろい。

例えば、僕の鼻は三日程度でリセットされるらしい。出張から戻って、玄関を開けると、まず「おお、我が家の匂いだ」と思う。単に獣くさいだけなのだけれど、一泊くらいではあまり思わない。

さらに、猫が持つ僕の記憶は、二週間程度でリセットされるらしい。二週間以上の出張から帰宅すると、猫たちが僕を遠巻きに眺める。久々の再会なのに……。

でも一番大きな発見は「猫のいる生活は、いい」という、割と当たり前のことだった。

そういえば、この連載も出張版だ。実は、今回で最終回。三回の出張を終

えて、ホームの『ネコまる』に戻ることになる。なかなか心配で、新鮮で、楽しい出張だった。
　いずれ、またこの誌面でお会いできますように。

仁尾 智（にお・さとる）
1968年生まれ。猫歌人。1999年に五行歌を作り始める。2004年「枡野浩一のかんたん短歌blog」と出会い、短歌を作り始める。短歌代表作に『ドラえもん短歌』（小学館文庫 枡野浩一編）収録の《自転車で君を家まで送ってた どこでもドアがなくてよかった》などがある。著書に五行歌集『ストライプ』（市井社 共著）、『これから猫を飼う人に伝えたい11のこと』（辰巳出版 絵／小泉さよ）、『いまから猫のはなしをします』（エムディエヌコーポレーション）、『また猫と 猫の挽歌集』（雷鳥社）。
公式サイト https://kotobako.com

小泉さよ（こいずみ・さよ）
1976年生まれ。おもに猫を描くイラストレーター。著書に『猫ぱんち ー二匹の猫との暮らしー』『さよなら、ちょうじろう。』（KKベストセラーズ）、『もっと猫と仲良くなろう！』（KADOKAWA）、『だれでもカンタン&とびきりかわいい ねこの描き方れんしゅう帖』（日東書院本社）など。仁尾 智との共著に『これから猫を飼う人に伝えたい11のこと』（辰巳出版）。その他、書籍や雑誌、文具等にイラスト掲載多数。
公式サイト https://www.sayokoizumi.com

猫《ねこ》のいる家《いえ》に帰《かえ》りたい
2020年6月25日 初版第1刷発行
2024年11月20日 初版第4刷発行

短歌・エッセイ 仁尾 智
イラスト 小泉さよ
AD 山口至剛
デザイン 山口至剛デザイン室（韮澤優作）
編者 「猫びより」編集部（宮田玲子）
発行者 廣瀬和二
発行所 辰巳出版株式会社
〒113-0033
東京都文京区本郷1丁目33番13号 春日町ビル5F
TEL 03-5931-5920（代表）
FAX 03-6386-3087（販売部）
https://TG-NET.co.jp
印刷所 三共グラフィック株式会社
製本所 株式会社セイコーバインダリー

ISBN978-4-7778-2531-8